AF271900

Analyse de l'œuvre

Par Christelle Legros et Noémie Lohav

Tristan et Iseult

de René Louis

Rendez-vous sur lepetitlitteraire.fr et découvrez :

Plus de 1200 analyses
Claires et synthétiques
Téléchargeables en 30 secondes
À imprimer chez soi

RENÉ LOUIS

HISTORIEN, PHILOLOGUE ET ARCHÉOLOGUE FRANÇAIS

- **Né en 1906 à Auxerre (Yonne)**
- **Décédé en 1991**
- **Quelques-unes de ses œuvres :**
  - « Le "champ d'urnes" des Fontaines-Salées (Yonne) et la civilisation des "champs d'urnes" en Bourgogne » (1943), article
  - *De l'histoire à la légende : Girart comte de Vienne (819-877) et ses fondations monastiques* et *Girart, comte de Vienne, dans les chansons de geste : Girart de Vienne, Girart de Fraite, Girart de Roussillon* (1946-1947), ouvrages historiques
  - *Autessiodurum Christianum. Les églises d'Auxerre, des origines au XIe siècle* (1952), ouvrage historique

Historien, philologue et archéologue, René Louis a enseigné l'histoire littéraire du Moyen Âge dans diverses universités, de 1941 à 1977. Il a découvert, en 1927, l'ensemble des fresques carolingiennes des cryptes de Saint-Germain (Auxerre), ce qui a fait sa réputation de médiéviste. Avant même d'être l'éditeur de *Tristan et Iseult*, il fut l'auteur de divers ouvrages et articles ayant trait à l'Antiquité et au Moyen Âge, notamment sur l'histoire et les monuments d'Auxerre. Élève de Joseph Bédier (1864-1938) et de Ferdinand Lot (1866-1952) – deux célèbres médiévistes français –, ses publications font date dans le monde universitaire.

TRISTAN ET ISEULT

UN AMOUR DÉLIRANT

- **Genre :** roman
- **Édition de référence :** *Tristan et Iseult*, renouvelé en français moderne d'après les textes des XIIe et XIIIe siècles par LOUIS R. (éd.), Paris, Librairie générale française, 1972, 252 p.
- **1re édition :** 1972
- **Thématiques :** amour, folie, philtre, magie, drame, jalousie, trahison

La légende de Tristan et Iseult est d'origine celte. On en trouve des traces écrites remarquables dans la littérature médiévale française – mais aussi dans d'autres littératures : allemande, scandinaves, etc. – dès le XIIe siècle, essentiellement sous la forme de fragments. Depuis lors, de nombreuses versions ont été publiées, dont celle de René Louis.

Cette légende met en scène un trio célèbre dans l'histoire littéraire : le mari (le roi Marc), l'épouse (la reine Iseult la Blonde) et l'amant (Tristan).

L'histoire exploite de nombreux éléments du fonds celte, entre autres le merveilleux. Ainsi, c'est l'absorption d'un philtre magique qui donne naissance à l'amour passionnel unissant Tristan et Iseult, un amour au-dessus de toutes les lois, humaines et divines.

RÉSUMÉ

LE GÉANT D'IRLANDE

Un géant irlandais, le Morholt, menace un jour le roi Marc de Cornouailles de prélever un tribut de 300 jeunes hommes et 300 jeunes filles, sauf si un champion du roi le vainc en combat singulier. Seul ose l'affronter un certain Tristan, qui dévoile alors son identité : il s'agit en réalité du neveu de Marc, né des amours de Blanchefleur, la jeune sœur du souverain, et de Rivalen, le fils du roi de Loonois. Éduqué par l'écuyer Gorvenal depuis l'âge de 7 ans, il est, à la mort de son père, venu à la cour de son oncle sous un faux nom, afin d'être reconnu pour sa valeur.

Vainqueur du combat, Tristan est toutefois blessé par un épieu empoisonné. Inguérissable, il part seul sur une barque et échoue en Irlande, où il est soigné par la reine Iseult et sa fille, Iseult la Blonde. Enfin guéri, il retourne en Cornouailles.

Jaloux de Tristan, quatre barons félons l'y accusent de convoiter la succession de son oncle en l'empêchant de se marier et d'avoir un héritier. Or Tristan encourage le roi à se marier, et Marc choisit pour femme celle à qui appartient le cheveu blond comme l'or que lui ont apporté des hirondelles. Reconnaissant le cheveu de la jeune Iseult, Tristan part la conquérir pour son oncle.

LE DRAGON

Le roi d'Irlande, Gormond, promet Iseult à celui qui délivrera le pays du dragon qui l'infeste. Tristan tue le monstre et emporte sa langue comme trophée, mais est empoisonné à son contact. Témoin de la scène, Aguinguerran le Roux coupe la tête du dragon et se déclare champion. Pourtant, Iseult refuse de l'épouser, persuadée que le véritable vainqueur se cache non loin.

Débusquant Tristan avec sa mère, elles le soignent à nouveau. Lorsqu'elle s'aperçoit qu'un éclat trouvé dans la tête du Morholt, son oncle, provient de l'épée ébréchée de Tristan, Iseult se met en colère et veut le tuer, mais le jeune homme parvient à la raisonner en lui promettant de confondre Aguinguerran.

Grâce à la langue du dragon, on reconnait que c'est Tristan qui a tué le monstre ; Gormond consent alors à lui remettre sa fille pour le roi Marc. De son côté, la reine prépare un « vin herbé » (p. 54), capable de faire naitre la passion chez l'homme et la femme qui en boiront. Elle le confie à Brangien, la servante et confidente d'Iseult, pour qu'elle en verse à Marc et Iseult le soir de leurs noces.

LE PHILTRE D'AMOUR

En mer, Brangien, pour la rassurer sur son bonheur conjugal, révèle à Iseult le secret du philtre. Mais celle-ci refuse de partager ce breuvage avec Marc et la servante, devinant qu'Iseult est éprise de Tristan, leur fait boire le philtre. L'effet est immédiat : l'amour s'empare de leurs cœurs, et bien que Tristan regrette de trahir son oncle, tous deux s'abandonnent à la passion charnelle.

Pour cacher sa faute à Marc, Iseult demande à Brangien, vierge, de prendre sa place dans le lit nuptial. Marc est dupe, ce qui permet à Iseult, comblée, de poursuivre sa liaison avec Tristan.

Mais les amants, insouciants, s'exposent peu

à peu au danger. Lorsque Kariado, un fidèle de Marc, les surprend, sa jalousie le pousse à prévenir le roi, qui met la reine à l'épreuve. Iseult se sort toutefois de ce mauvais pas grâce à Brangien.

Les barons surprennent à leur tour les amants et préviennent le roi, qui bannit Tristan. Celui-ci se cache alors dans la forêt, pour ne pas s'éloigner d'Iseult : comme le coudrier et le chèvrefeuille, les amants ne peuvent vivre séparés l'un de l'autre sans risquer la mort.

UN PIÈGE FATAL

Alerté par le nain Frocin, un sorcier, des rendez-vous nocturnes de Tristan et Iseult près d'une fontaine, le roi décide de les surprendre en se cachant dans un pin du verger. Mais Tristan, distinguant son reflet dans la fontaine, change d'attitude à l'approche de la reine. Alertée, Iseult le remarque à son tour et tient alors un discours qui innocente son amant. Crédule, Marc rend sa confiance à son neveu et l'autorise à revenir à la cour.

Toujours désireux de prendre les amants en flagrant délit, les barons félons font à nouveau appel à Frocin ; celui-ci répand alors de la fleur de farine entre le lit de la reine et celui de Tristan. Lorsqu'il découvre ce piège, Tristan saute dans le lit d'Iseult, mais, ce faisant, il rouvre une blessure, et quelques gouttes de sang tombent sur les draps et la farine. Celles-ci sont une preuve irréfutable de la culpabilité des amants : fou de rage, le roi décide de les faire périr sans jugement.

LA FUITE DES AMANTS

En chemin vers le bucher, Tristan demande à s'arrêter pour prier dans une chapelle surplombant une falaise. Se jetant dans le vide par la fenêtre de la chapelle, il atterrit miraculeusement indemne, puis s'enfuit. Furieux, Marc ordonne qu'Iseult soit brulée sans délai et publiquement.

Le chef d'une bande de lépreux propose alors au roi qu'il leur livre Iseult : de cette façon, son châtiment sera pire que la mort. Le roi accepte, mais Tristan et Gorvenal attaquent les lépreux et délivrent la reine.

S'étant réfugiés dans la forêt du Morois avec Gorvenal, les amants y mènent une vie faite de privations, qui les affaiblit cruellement. Ils seront rejoints par le chien de Tristan, Husdent, que le jeune homme dresse à chasser sans bruit.

Plus tard, ils rencontrent un ermite, frère Ogrin, qui les encourage à se repentir. Cependant, il est « hors de [leur] pouvoir de renoncer à cet amour » (p. 109). Une nuit, ils s'endorment, habillés, avec l'épée de Tristan entre eux. Un forestier les découvre et prévient le roi qui, lorsqu'il les voit dormir si chastement, s'émeut et respecte leur sommeil ; en signe de son pardon, il échange son épée avec celle de Tristan et remplace l'anneau d'Iseult par le sien.

LE PROCÈS D'ISEULT

Trois ans après l'absorption du philtre, le sortilège a pris fin, mais Tristan comme Iseult sentent que leur amour demeure. Toutefois, pour leur bien, ils doivent retrouver une vie normale. Comprenant enfin les gestes de clémence du roi, ils sollicitent l'aide d'Ogrin. L'ermite accepte de les aider en écrivant une lettre à Marc.

Le roi accepte le retour d'Iseult, mais non celui de Tristan. Les amants se promettent de toujours se secourir et, en gage de ce serment, Tristan offre son chien à Iseult, qui lui donne un anneau serti de jaspe vert ; à plusieurs reprises, celui-ci permettra à Iseult de reconnaitre Tristan ou ses messagers au fil du récit.

Les barons félons réclamant son procès, Iseult accepte, afin d'éliminer tout soupçon, de se justifier devant la cour de Marc et celle du roi Arthur. Il lui importe cependant de ne pas se parjurer devant Dieu et, avec l'aide de Brangien, elle imagine une ruse : le serment se tenant au Mal Pas, un gué marécageux, elle demande l'aide d'un lépreux, qui est en réalité Tristan déguisé, pour traverser le gué sans se salir. Iseult monte à califourchon sur Tristan ; lorsqu'elle comparait, elle jure devant Dieu que « jamais homme n'est entré entre [s]es cuisses, sinon le roi Marc, [s]on époux, et ce lépreux qui [la] porta sur son dos » (p. 144).

Iseult est ainsi blanchie. Tristan souhaite quitter le pays, mais en est empêché par son amour pour Iseult. Il la retrouve donc et tue au passage deux des barons félons ; toutefois, consciente du danger, Iseult le prie de fuir.

L'EXIL DE TRISTAN

En route, Tristan rencontre des chevaliers de la Table ronde, qu'il accompagne à la cour afin de revoir Iseult avant son exil. Le roi héberge l'équipée dans sa chambre, mais, méfiant, fait poser des faux sur le sol, cachées par un tapis de fleurs. Lorsqu'il rejoint Iseult, Tristan se blesse, mais est heureusement sauvé par le sénéchal Keu : celui-ci ayant fait lever et marcher ses veneurs pieds nus, la chambre est ensanglantée, ce qui permet à Tristan de ne pas être repéré. Enfin, il s'embarque avec Gorvenal pour la Petite-Bretagne.

Là, tous deux se réfugient auprès du duc Hoël, le père de Kaherdin et d'Iseult aux blanches mains. En épousant l'autre Iseult qui, par sa beauté et son nom, lui rappelle son ancien amour, Tristan tente de se consoler, en vain. Iseult la Blonde, de son côté, se languissant de son ami, chante, en grande détresse, un lai annonciateur de mort ; lorsque Kariado la surprend, il lui révèle sournoisement le mariage de Tristan, espérant toujours (vainement) les faveurs de la dame.

ISEULT AUX BLANCHES MAINS

Lors d'une promenade, l'eau du gué éclabousse les jambes de la jeune épousée, qui s'exclame que l'eau est plus hardie que son époux : en effet, malgré la beauté de la jeune femme, l'union n'a pas été consommée. Kaherdin est fâché de l'apprendre, mais, lorsque Tristan lui dévoile tout, il pardonne son ami et lui propose de retourner en Angleterre, pour s'assurer de l'amour d'Iseult la Blonde.

De retour en Cornouailles, Tristan se cache pour revoir la reine : lorsqu'il imite le chant d'un oiseau, elle le reconnait, et, grâce à Brangien, les amants se retrouvent, jusqu'au jour où, blessée dans son orgueil à la suite d'une méprise, Iseult ne daigne pas reconnaitre Tristan et le chasse.

Il se désespère durant un an avant de faire preuve de détermination en retraversant la mer et se faisant passer pour un fou. Grâce à Brangien et à Husdent, les amants se retrouvent à nouveau : Iseult s'excuse et jure que jamais elle ne cessera d'aimer Tristan, qui repart en Petite-Bretagne.

Sombrant dans la mélancolie, celui-ci s'y

construit, avec l'aide du géant Béliagog, un palais d'images où il érige des sculptures en l'honneur d'Iseult la Blonde et de leur amour.

LA VOILE NOIRE

Empoisonné par une lance alors qu'il assistait Kaherdin dans un combat, Tristan demande à ce dernier d'aller chercher Iseult la Blonde, la seule à même de le guérir, et lutte, soutenu par l'espoir de la revoir une dernière fois. Kaherdin accepte, et Tristan lui demande d'emporter deux voiles : l'une blanche, qui indiquera le retour de sa bie-naimée, l'autre noire, annonçant le refus d'Iseult de le secourir.

Mais Iseult aux blanches mains a tout entendu et veut se venger ; lors du retour de son frère, elle ment à Tristan en lui annonçant que la voile est noire. Tristan meurt, et Iseult la Blonde, décou-vrant le corps de son bienaimé, expire à son tour.

Kaherdin ramène leurs corps en Cornouailles, où ils seront ensevelis. Sur leurs tombes fleuriront deux arbustes, un buisson de roses rouges et un cep de vigne, impossibles à séparer.

ÉTUDE DES PERSONNAGES

TRISTAN

Tristan, né en Loonois, est le fils de Blanchefleur, la plus jeune sœur du roi Marc, et de Rivalen, le fils du roi de Loonois. Il est baptisé par son père du nom celtique de « Drustan », transformé par la tradition populaire en « Tristan », une appellation qui signifie mieux la tristesse de ses parents au moment de sa naissance, et qui présage les épreuves et les malheurs qu'il connaitra.

En effet, Blanchefleur meurt en le mettant au monde, et Rivalen, tué dans un guet-apens, le laisse orphelin à 15 ans. Tristan est élevé, dès l'âge de 7 ans, par l'écuyer Gorvenal, qui lui sera toujours fidèle. Puis son éducation est complétée par le sénéchal Dinas de Lidan, lors de son arrivée en Cornouailles.

Les qualités de Tristan sont celles d'un véritable chevalier : il est beau, preux, courageux, fidèle au roi et à sa bienaimée, loyal et vaillant. Ses prouesses le placent au-dessus de tous les barons. Tristan est doté d'une grande force physique, presque surnaturelle (pensons aux combats qu'il remporte contre le géant et le dragon), et il est habile dans tous les arts : il est excellent poète – le texte lui attribue d'ailleurs deux lais qui ne sont, en réalité, évidemment pas de sa plume : le *Lai de Guiron* et le *Lai de Chèvrefeuille* –, harpiste, imitateur du chant des oiseaux, veneur, chasseur et écuyer.

Par ailleurs, il est rusé (par exemple, lorsqu'il récupère Iseult des mains du baron irlandais), construit des outils ingénieux (l'Arc-qui-ne-faut, un arc qui ne manque jamais sa cible), sait contrefaire sa voix et connait le secret des herbes pour se grimer ou se cacher sous une autre identité.

Mais l'absorption du philtre bouleverse sa trajectoire, qui semblait pourtant toute tracée. Tristan connait alors les tourments de la jalousie et côtoie plusieurs fois la mort pour voir Iseult la Blonde. En effet, la folie le guette lorsqu'il reste trop longtemps séparé de sa bienaimée. S'il ressent d'abord de la culpabilité envers son oncle pour l'avoir trahi en convoitant son épouse, la puissance du philtre et de son amour prend rapidement le dessus, le menant à recourir à diverses ruses pour tromper le roi et sa cour, sans plus sembler éprouver de regret.

Une fois libéré du philtre, Tristan retrouve sa lucidité (il comprend les gestes de clémence de Marc) et son honneur : il désire se réconcilier avec le roi, tout en rendant à Iseult le statut qui lui revient. Il reste cependant tiraillé par son amour, qui le pousse sans cesse – parfois avec imprudence – à revoir la reine.

Amer, persuadé que la reine est heureuse auprès de Marc tandis que lui seul souffre de leur séparation, il épouse Iseult aux blanches mains. Pétri de remords envers Iseult la Blonde, à qui il a promis fidélité et qu'il aime toujours, il se comporte alors de façon aveugle et injuste vis-à-vis d'Iseult aux blanches mains, ce qui provoquera la jalousie de sa jeune épouse, puis la mort des amants.

ISEULT LA BLONDE

Elle a 12 ans quand Tristan arrive blessé au château de son père, le roi Gormond d'Irlande. Lors de la convalescence de Tristan, elle devient son élève : il lui apprend la musique et le chant. Sa chevelure blonde a l'éclat de l'or.

Courtoise, elle possède toutes les qualités – la beauté en particulier – qu'un homme peut attendre d'une femme. Guérisseuse, elle connait le secret des plantes grâce à l'enseignement de sa mère, la reine Iseult, sœur du Morholt.

Partagée entre son sens du devoir envers son époux et sa passion totale pour Tristan, Iseult met en place toutes les stratégies pour préserver ses deux rôles de femme mariée et d'amante ; elle ne veut renoncer à aucun d'eux. Très rusée, elle parvient à se sortir de situations délicates grâce à l'aide de sa fidèle servante, Brangien. Elle peut également se montrer cruelle, orgueilleuse et sans pitié (notamment lors des épisodes où elle veut faire tuer Brangien et fait chasser Tristan), mais elle se rend compte de ses torts et se punit elle-même (par exemple en s'imposant le port du cilice, vêtement porté sur la chair par mortification).

Iseult parait moins innocente que Tristan dès lors que, mise au courant par Brangien du pouvoir du vin herbé préparé par sa mère pour ses noces, elle laisse boire Tristan quand il a soif, avant de partager sa coupe – et non celle du roi comme cela avait initialement été prévu, car, en son cœur, elle est attirée par lui dès sa victoire sur le dragon d'Irlande.

Tristan parti en Petite-Bretagne, elle souffre également des tourments de la jalousie et de la solitude. Elle n'hésitera cependant pas à partir le secourir. Constatant le décès de son amant, elle n'aura plus qu'un désir : le rejoindre dans la mort.

LE ROI MARC

Marc règne sur la Cornouailles et est issu d'une antique lignée dont il a hérité des oreilles de cheval, dissimulées sous un bonnet. Arrivé à l'âge mûr, il n'a toujours ni femme ni héritier. Noble, généreux, loyal et courageux, il est cependant souvent irascible. Son humeur est changeante, et il peut se montrer violent et cruel. Il excelle surtout à la chasse.

Le roi Marc n'a qu'une autorité précaire sur ses vassaux : se laissant facilement impressionner par ses barons, il est manipulé et influencé par leurs paroles ou leurs manigances. Par ailleurs, naïf et crédule – et, semble-t-il, se plaisant à l'être –, il se fie souvent aux apparences en les prenant pour la réalité.

Il accorde ainsi toute sa confiance et sa clémence aux amants dès lors qu'un mot gentil ou habilement tourné chasse de son esprit ses plus sombres soupçons. Ce trait de caractère le rend instable :

- lorsqu'il est pris par le doute, sa colère est grande ;
- lorsqu'il est apaisé par ce qu'il voit ou entend, il redevient clément et pardonne volontiers.

Mais, malgré tout, le roi Marc aime tendrement son épouse et Tristan. Lorsqu'il se voit contraint d'exiler ce dernier, il en éprouve du chagrin. Et lorsqu'il récupèrera les corps de son épouse et de son neveu, il leur rendra les honneurs en les enterrant côte à côte. Ainsi, finalement, dans son cœur, c'est la clémence qui l'emporte.

ISEULT AUX BLANCHES MAINS

Fille du duc Hoël régnant sur la Petite-Bretagne, Iseult aux blanches mains est « belle et bien apprise » (p. 154). Sa ressemblance avec Iseult la Blonde lui vaut les regards et l'intérêt de Tristan qui, dans un moment de dépit profond, lui demande de l'épouser. Jeune et amoureuse, elle accepte avec joie. Cette nouvelle réjouit également son frère, Kaherdin, qui aime beaucoup Tristan.

Mais le soir des noces, Tristan ne peut pas honorer sa jeune épousée, apercevant le reflet du visage d'Iseult la Blonde dans l'anneau de jaspe vert qu'elle lui a confié avant leur séparation.

Iseult aux blanches mains, ignorante des choses de la vie, ne s'en offusque pas. Elle se montre patiente et tendre avec son époux, bien qu'elle se plaigne un jour de cette situation à Kaherdin et qu'elle en souffre.

Lorsqu'elle découvre la vérité sur l'amour qui unit Tristan et Iseult la Blonde, sa tendresse résignée se transforme en un désir violent de vengeance. La jalousie qui la tenaille brutalement réveille sa méchanceté ; c'est pourquoi elle annoncera à Tristan que la voile est noire, alors qu'elle est blanche. La mort de Tristan – dont elle se lamente pourtant –, puis celle d'Iseult, la vengent.

BRANGIEN

Achetée enfant à des pirates norvégiens, elle est élevée avec Iseult la Blonde, du même âge qu'elle. Si Brangien est sa servante, elle est aussi sa compagne de jeu et sa seule confidente. Avisée et sage, elle est également rusée. Elle se trompe délibérément, trahissant ainsi la confiance de la reine d'Irlande, lorsqu'elle donne le vin herbé à Tristan et Iseult, mais le fait dans le but d'aider sa maitresse, à qui elle voue un amour profond. Elle lui restera d'ailleurs fidèle quoi qu'il advienne.

Plus d'une fois, elle l'aide à retrouver Tristan ou empêche que les amants soient découverts : elle fait le guet pour eux, prend la place de la reine dans le lit du roi le soir de ses noces, ment à Marc pour la protéger, etc.

GORNEVAL

Fidèle, Gorvenal est à Tristan ce que Brangien est à Iseult la Blonde. C'est lui, le sage écuyer, qui éduque Tristan et l'accompagne dans toutes ses aventures, fuites et épreuves. Ainsi, lorsque les amants sont bannis dans la forêt, il les aide comme il peut en construisant des paniers pour la cueillette, et il n'hésite pas à tuer les ennem s de Tristan qu'il croise sur sa route (en particulier l'un des barons félons).

Or Gorvenal est plus sage que son élève : lorsque Tristan cherche à revoir à tout prix Iseult, l'écuyer le met en garde et essaie de le dissuader de ses projets trop risqués. Gorvenal trouve la mort lors d'une dernière expédition menée avec Tristan pour Kaherdin, le frère d'Iseult aux blanches mains.

CLÉS DE LECTURE

SCHÉMA NARRATIF

Tristan et Iseult est un texte narratif et suit donc le schéma narratif classique. Il raconte la passion qui unit Tristan et Iseult, et qui défie toutes les lois, humaines comme divines.

Situation initiale : c'est le début de l'histoire, le moment où l'on plante le décor et présente les personnages ; la situation est équilibrée, c'est-à-dire qu'elle n'a aucune raison d'évoluer.

- Le roi Marc règne sur la Cornouailles, entouré par ses barons et vassaux. Tristan, son neveu, est, par ses qualités exceptionnelles, le plus digne de ses défenseurs.

Élément perturbateur : un évènement vient perturber la situation initiale et déclenche l'histoire proprement dite.

- Les barons du roi exigent qu'il prenne femme pour avoir un héritier. Tristan part en Irlande pour aller chercher la seule femme que le roi daigne épouser : Iseult la Blonde. Mais, sur le chemin du retour, Iseult et Tristan absorbent le philtre d'amour destiné à Iseult et Marc, et sont désormais liés par un amour immuable. Tristan devient le rival du roi.

Péripéties : ce sont les évènements provoqués par l'élément perturbateur, qui entrainent la ou les action(s) entreprise(s) par le héros pour résoudre le problème. Elles se déroulent en deux temps :

- lorsque le philtre fait effet. Tristan et Iseult sont tellement amoureux qu'ils sont imprudents, mais ils sont à chaque fois sauvés in extrémis, jusqu'au jour où ils sont surpris par le roi. Condamnés, ils prennent alors la fuite et se réfugient dans la forêt, où ils vivent pauvrement. Le philtre les met cependant à l'abri des souffrances physiques et morales, car ils sont ensemble, et seul cela compte ;
- lorsque le philtre cesse d'agir. Les amants ne sont plus sous la protection magique du vin herbé. Ils ressentent alors toutes les douleurs de l'existence qu'ils mènent et s'inquiètent pour leur sort. C'est le temps de leur séparation. Ils s'aiment encore, mais d'un amour hu-

main. Ils connaissent dès lors les tourments, les doutes et les tortures de leur passion. Iseult retourne auprès du roi, et le couple attendu initialement se reforme. Cependant, Tristan et Iseult se languissent l'un de l'autre, ce qui donne lieu aux retours successifs de Tristan auprès de la reine.

Dénouement : il met un terme aux péripéties et conduit à la situation finale.

• Lors d'une ultime aventure, Tristan est une troisième fois blessé et empoisonné. Nul ne peut le soigner, excepté Iseult la Blonde. Iseult aux blanches mains apprend toute la vérité sur l'histoire de son époux ; jalouse, elle ne désire plus que se venger. Elle ment donc à Tristan et le mène à sa mort.

Situation finale : c'est la fin de l'histoire. La situation est à nouveau stable, comme lors de la situation initiale, mais elle a subi des transformations.

• Iseult la Blonde meurt de désespoir sur le corps de son amant. On rapatrie leurs deux corps en Cornouailles auprès du roi Marc, qui leur pardonne et les enterre côte à côte. Les amants sont éternellement réunis dans la mort. Les deux arbustes qui poussent sur leurs tombes et s'entremêlent symbolisent cet amour indéfectible.

L'origine de la légende

Tristan et Iseult, qui a d'abord circulé oralement, comme toutes les légendes, a par la suite été écrit en ancien français – l'ancêtre du français moderne –, qui était considéré comme une langue romane vulgaire (c'est-à-dire du peuple), par opposition au latin, avec lequel elle coexistait au Moyen Âge. Voilà pourquoi on parle du « roman » de *Tristan et Iseult*.

Mais la légende des deux amants existe sous plusieurs formes : lais (le lai est une forme narrative brève en vogue aux XIIe et XIIIe siècles, une sorte de nouvelle en vers), longs poèmes narratifs en vers (plus précisément en octosyllabes, c'est-à-dire en vers de huit syllabes), romans en prose – des représentations de la légende figurant même sur certains objets.

Par ailleurs, deux versions se rencontrent : une version épique, qui juxtapose sans transition des séquences écrites dans un style rugueux, peu propice à l'analyse psychologique, et une version lyrique, qui multiplie les monologues dramatiques et les développements sur l'état amoureux des deux amants. Les plus célèbres illustrations en sont, pour la version épique, celle de Béroul (trouvère anglo-normand, XIIe siècle) et, en ce qui concerne la version lyrique, celle de Thomas d'Angleterre (trouvère anglo-normand, XIIe siècle), qui présente un vernis courtois et chevaleresque.

Dans sa préface, René Louis (historien et philologue français, 1906-1991) dit souhaiter reconstruire une forme du conte antérieure à la civilisation féodale et chevaleresque, remontant au haut Moyen Âge en Grande-Bretagne celtique. Son objectif est de proposer une version plus proche de la légende primitive de Tristan, différente en cela de celles de Bédier et des auteurs du XIIe siècle.

La légende – notamment par le biais du philtre – permettait aussi de réfléchir à la place de l'amour dans la société féodale :

fallait-il faire l'apologie d'un amour qui se dresse contre toutes les lois ou prendre le parti de l'ordre établi et du mariage ? Les remaniements écrits de la légende balancent entre ces deux options.

UNE LÉGENDE ÉPIQUE

Le récit accorde une large place à la vaillance de Tristan, qui se distingue par ses exploits chevaleresques :

- il se porte volontaire pour combattre le Morholt, qu'il vainc, libérant la Cornouailles d'un lourd tribut ;
- il délivre l'Irlande des griffes d'un dragon, conquérant par la même occasion Iseult la Blonde pour son oncle Marc ;
- il tue également deux barons félons, et se porte toujours volontiers au secours d'Iseult – comme lorsqu'elle est emportée par un seigneur étranger, gagnée à la suite d'un don contraignant (un motif médiéval récurrent), c'est-à-dire d'une requête accordée à priori, sans que le donateur, Marc, en connaisse la nature.

Si les épreuves sont volontiers rudes, et que nul autre n'ose les affronter, Tristan en sort cependant chaque fois vainqueur, le récit insistant sur ses talents inhabituels ; empoisonné, il vainc même la mort à deux reprises, sort miraculeusement indemne du saut de la chapelle et survit encore dans la forêt durant deux ans.

Tristan, élevé par l'écuyer Gorvenal, qui lui « apprit à courir, sauter, nager, monter à cheval, tirer à l'arc, combattre à l'épée, manier l'écu et la lance » (p. 21), fait ainsi figure de parfait chevalier :

> « Il excella bientôt dans l'art de vènerie et de fauconnerie, expert à reconnaître les qualités et les défauts d'un cheval, les vertus d'un fer bien trempé et l'art de tailler le bois. Il y joignit le chant et le jeu des instruments, car il jouait à merveille de la harpe et de la rote, et composait des lais [...]. Chose plus rare, il imitait à s'y méprendre le chant du rossignol et des autres oiseaux. » (p. 21-22)

Chevalier beau, courageux et loyal, dévoué à son seigneur et oncle, Marc, on lui reconnait volontiers d'excellentes manières. Ses exploits et talents lui valent la confiance du roi, ce qui explique le bénéfice du doute que celui-ci accordera longtemps aux amants, et les sentiments conflictuels qu'il éprouve vis-à-vis de son neveu. Cet idéal chevaleresque sera cependant terni après que Tristan a bu le philtre : il trahit effectivement son oncle en possédant son épouse, puis en s'enfuyant avec elle. De chevalier parfait, Tristan devient ainsi chevalier félon, tiraillé entre ses devoirs envers son oncle et sa passion pour Iseult. En revanche, sa loyauté à l'égard d'Iseult ne fléchira pas, puisqu'il refusera finalement de consommer son mariage avec Iseult aux blanches mains.

Tristan et Iseult se situe donc à la croisée de la littérature courtoise (l'amant vainc des obstacles pour sa dame) et de la littérature épique, laquelle vante les exploits d'un guerrier. Notre héros combat en effet, pour son seigneur, contre des forces exceptionnelles (Morholt, dragon), et le récit de ses prouesses se rapproche des chansons de gestes médiévales, « poème[s] épique[s], composé[s] du XIe au XIIIe siècle en décasyllabes ou en alexandrins réunis en laisses assonancées, chantant les exploits de héros historiques ou légendaires » (« Chanson de geste », in *larousse.fr*).

Enfin, on ajoutera que *Tristan et Iseult* s'inspire également de la matière de Bretagne – ensemble de légendes et de chansons écrites au Moyen Âge, et dont les plus célèbres personnages sont sans aucun doute Arthur et ses chevaliers de la Table ronde –, qui narre volontiers des prouesses chevaleresques, tout en faisant intervenir des thèmes merveilleux, notamment d'origine celtique.

UN RÉCIT MERVEILLEUX

Le merveilleux peut être défini comme l'« intervention de moyens et d'êtres surnaturels, de la magie, de la féerie » (« Merveilleux », in *larousse.fr*) ; il se distingue du fantastique, car il est parfaitement admis et intégré dans l'univers où il apparait.

La présence d'éléments merveilleux rapproche *Tristan et Iseult* du conte – de même que le caractère répétitif de l'histoire : empoisonnements multiples de Tristan, par deux fois guéri par Iseult la Blonde et sa mère ; déguisements successifs du héros, qui se fait reconnaitre d'Iseult et de Brangien –, mais aussi de la matière de Bretagne, le récit puisant au fonds celte de son époque, comme en témoigne la mention du roi Arthur, des chevaliers de la Table ronde Gauvain et Girflet, du sénéchal Keu et de Carduel, l'une des résidences de la cour d'Arthur.

Parmi les éléments merveilleux, on retrouve :

- le roi Marc, qui possède des oreilles de cheval ;
- le Morholt et Béliagog, deux géants – motif que l'on retrouve volontiers tant dans les contes que dans la tradition arthurienne ;
- les pouvoirs de guérison d'Iseult la Blonde et de sa mère, présentée comme une magicienne ;
- le dragon, personnage récurrent du merveilleux, et sa langue venimeuse ;
- le philtre, un vin herbé préparé par la mère d'Iseult qui a le pouvoir de rendre instantanément amoureux, pour une durée de trois ans, ceux qui le boiront ensemble. On notera que la fonction du philtre diffère selon les versions. Dans la version commune (Béroul), il est la cause matérielle, magique, qui fait naitre l'amour de Tristan et Iseult, devenant de fait une excuse pour leur péché, ce qui permet d'inviter le lecteur-auditeur à la compassion et à la clémence. Dans la version courtoise (Thomas d'Angleterre), il demeure uniquement un sym-

bole de leur amour, lequel précède le philtre, ne faiblit jamais et ne peut être excusé par aucune magie ;

- le nain Frocin, un sorcier qui lit l'avenir dans les étoiles ;
- l'Arc-qui-ne-faut, construit par Tristan et qui ne manque jamais sa cible ;
- l'anneau de jaspe vert, qui fait apparaitre l'image d'Iseult la Blonde aux yeux de Tristan, le soir de ses noces avec Iseult aux blanches mains ;
- la mer, un espace du merveilleux que l'on retrouve dans diverses légendes, et qui, ici, tantôt sauve Tristan en le menant en Irlande, tantôt participe au drame en empêchant Iseult de rejoindre son amant qui se meurt ;
- la mort, surnaturelle, d'Iseult, qui s'allonge à côté du corps de Tristan et décède, sans autre raison apparente que son amour et le désir de mort qu'il suscite ;
- les deux arbustes qui jaillissent, inséparables, des tombes des deux amants.

Le merveilleux intervient donc tant négativement (le Morholt, le dragon, Frocin) que positivement (les guérisons de Tristan, l'Arc-qui-ne-faut, etc.), le philtre étant plus ambivalent. Si ces éléments peuvent peut-être sembler hétéroclites ou étranges pour un lecteur moderne, le merveilleux est récurrent dans les récits médiévaux ; on ne s'étonnera donc guère de sa présence au sein de *Tristan et Iseult*.

L'AMOUR COURTOIS

Contexte historicosocial

La société médiévale est avant tout une société chrétienne et féodale : des vassaux y prêtent serment à un seigneur de rang plus élevé, se mettant à son service ; à l'époque, le mariage « ne comporte pas la notion de plaisir » (« Denis de Rougemont : "Tristan est le premier grand roman d'amour passion et le premier grand roman de l'adultère" », in *franceculture.fr*).

L'adjectif « courtois » provient précisément de l'ancien français *court*, terme désignant la cour princière ou seigneuriale. Le mot *corteis* prend alors « le sens d'"honnête", "loyal". [...] ce qui est courtois s'oppose à ce qui est "vilain", c'est-à-dire le monde rude et grossier du paysan. Enfin, la notion de courtoisie renvoie à un ensemble de valeurs, de règles de savoir-vivre et surtout à une conception bien particulière de l'amour » (« Littérature et amour courtois », in *larousse.fr*).

La *fin'amor*

Au début du XIIe siècle nait une nouvelle conception amoureuse, au travers des textes de Guillaume IX (1071-1127, duc d'Aquitaine et comte de Poitiers, premier troubadour connu er occitan) : l'amour courtois ou, en ancien français, la *fin'amor*.

Construite sur le modèle féodal – l'amant sert sa dame comme le vassal son seigneur –, la littérature courtoise sépare l'amour du mariage, en le plaçant dès lors dans une situation adultère. En effet, il « repose essentiellement sur la notion de désir », qui disparait dès qu'il est assouvi ; ainsi, « l'amour, pour perdurer, doit être difficile à satisfaire » (*ibid.*).

L'amour courtois présente donc un triangle amoureux entre mari, épouse et amant. Celui-ci doit généralement faire des efforts pour conquérir sa dame et n'est jamais assuré de sa réussite.

Pour être digne de l'amour de sa dame, il se doit de manifester diverses qualités (bravoure, loyauté, etc.), et l'obstacle devient alors inhérent à la relation amoureuse, puisqu'il offre à l'amant l'occasion de prouver sa valeur tout en retardant la réalisation du désir.

Parmi ces obstacles, on retrouve habituellement le choix d'une femme mariée, d'un rang supérieur à l'amant – ce qui implique que l'amour doive rester secret (une obligation compromise par certains personnages qui épient et dénoncent les amants) –, ainsi que la distance séparant les amants.

Tristan et Iseult, entre amour et douleur

Si, dans *Tristan et Iseult*, le désir est assouvi sans délai, on constate toutefois la multiplication des obstacles, ici accentués (notamment avec le mariage de Tristan), puisque le philtre intensifie le désir – le plus grand obstacle étant la mort, que l'on retrouve dans d'autres contes d'amour courtois de l'époque. Les amants sont souvent séparés – avec la présence du triangle amoureux, Iseult, épouse de l'oncle et seigneur de Tristan, appartenant bien à un rang plus élevé que ce

dernier, ce qui impose le secret de leur relation –,
et le thème de la souffrance est ici omniprésent.

La célèbre légende s'inscrit donc dans les codes de
l'amour courtois, tout en les dépassant, notamment avec la présence de cet amour fou, charnel,
partagé par les amants. Celui-ci est en partie justifié par l'absorption du philtre : en effet, « celui
et celle qui partageraient ce breuvage devaient
s'aimer de toutes leurs forces durant une période
de trois ans, à tel point qu'ils ne pourraient supporter d'être éloignés l'un de l'autre plus d'une
journée sans en pâtir gravement et plus d'une
semaine sans risquer d'en mourir » (p. 54).

Tristan et Iseult vivent donc une passion intense,
bien malgré eux – Tristan éprouve en effet de la
culpabilité envers son oncle, mais ne peut s'empêcher de succomber à ses sentiments.

Le sortilège les aveugle pendant trois ans : seul
compte alors leur amour, envers et contre tout,
et l'emprise du philtre les amène aussi à manquer
de jugement, faire preuve d'imprudence, et mal
interpréter certaines situations (en particulier
les gestes de clémence du roi, qu'ils perçoivent
comme une menace).

Une fois les effets du philtre estompés, bien que toujours amoureux, Tristan et Iseult supportent davantage la séparation et perçoivent désormais d'autres réalités : la clémence du roi, la misère de leur vie dans les bois, la jalousie, etc. Cette jalousie sera d'ailleurs l'une des clés du drame, lorsque Tristan, persuadé qu'Iseult est heureuse auprès de Marc, avec qui elle peut assouvir son désir, décide de prendre à son tour une épouse.

Denis de Rougemont (écrivain, philosophe et professeur universitaire suisse, 1906-1985) voit en outre dans le mythe de *Tristan et Iseult* « l'étymologie [de nos] passions » (*L'Amour et l'Occident*, Paris, Plon, 1939, p. 18) : ce récit exprime en effet que « la passion est liée à la mort, et qu'elle entraine la destruction pour ceux qui s'y abandonnent de toutes leurs forces » (*ibid.*, p. 16), le terme « passion » lui-même étant étymologiquement relié « à la souffrance et au tourment » (CAPRILES M. A., « L'expérience la passion », in *Cahiers jungiens de psychanalyse*, n° 116, 2005, p. 41-54) ; « le lien entre désir et douleur » semble ainsi, en Occident, être « associé à une éthique de la souffrance et de la mort » (*ibid.*).

Au sein de *Tristan et Iseult*, les protagonistes

semblent d'ailleurs décéder en raison de leur amour : « Pour votre amour, il me faut aujourd'hui mourir ! » (p. 203), s'exclame Tristan en s'adressant à Iseult. Il en ira de même pour Iseult, qui meurt pour Tristan, leurs discours présentant même des similitudes.

C'est que, comme le disait Tristan en citant des vers du *Lai de Chèvrefeuille* de Marie de France (poétesse française, 1154-1189), les deux amants partagent un amour si fort qu'ils ne peuvent vivre l'un sans l'autre :

> « Belle amie, si est de nous :
> Ni vous sans moi, ni moi sans vous. » (p. 81)

Légende courtoise flirtant avec l'épique et le merveilleux, *Tristan et Iseult* nous offre donc un récit qui exalte l'adultère et illustre une conception occidentale particulière, mortifère et intimement liée à la souffrance, de la passion : un mythe qui semble avoir été aussi célèbre et apprécié au Moyen Âge – comme en témoignent les nombreuses versions de la légende – qu'il ne l'est aujourd'hui, et dont la renommée n'est sans doute pas sur le point de se tarir.

PISTES DE RÉFLEXION

QUELQUES QUESTIONS POUR APPROFONDIR SA RÉFLEXION...

- À quel(s) genre(s) appartient *Tristan et Iseult* ?
- Qu'est-ce que l'amour courtois ? En quoi est-il présent dans cette œuvre ?
- Comment se présente le merveilleux à l'intérieur du roman ?
- Quelle est la place du narrateur dans le récit ? Comment et pourquoi intervient-il ?
- Comment différencieriez-vous l'amour des amants sous l'effet du philtre de celui qu'ils connaissent une fois les effets du philtre disparus ?
- Quel lien pouvez-vous établir entre désir et mort au sein du roman de *Tristan et Iseult* ?
- Pour quelles raisons Tristan épouse-t-il Iseult aux blanches mains ? En quoi ses sentiments contradictoires envers Iseult la Blonde créent-ils, dans ce cadre, le drame du récit ?
- Qu'apprenez-vous, grâce au jugement d'Iseult, du système judiciaire médiéval ? Et de la posi-

tion de la femme à cette époque ?

- Les deux versions les plus connues de la légende de *Tristan et Iseult* sont celle de Béroul et celle de Thomas d'Angleterre. Quelles sont leurs différences ? Quel en est l'impact sur les personnages ?
- Commentez ces vers du *Lai de Chèvrefeuille* : « Belle amie, si est de nous : Ni vous sans moi, ni moi sans vous. » (p. 81) En quoi cette conception de l'amour a-t-elle marqué la culture occidentale, en particulier la culture littéraire ?

Votre avis nous intéresse !
Laissez un commentaire sur le site de votre librairie en ligne
et partagez vos coups de cœur sur les réseaux sociaux !

POUR ALLER PLUS LOIN

ÉDITION DE RÉFÉRENCE

- Louis R. (éd.), *Tristan et Iseult*, renouvelé en français moderne d'après les textes des XIIe et XIIIe siècles, Paris, Librairie Générale Française, 1972.

ÉTUDES DE RÉFÉRENCE

- Baumgartner E., « Les romans de Tristan et Iseut », in Pichois C. et Polet J.-C. (dir.), *Patrimoine littéraire européen. Le Moyen Âge, de l'Oural à l'Atlantique. Littératures d'Europe occidentale, anthologie en langue française*, Bruxelles, De Boeck Université, 1993, p. 489-501.
- Bompiani V. et Laffont R., *Dictionnaire des personnages littéraires et dramatiques de tous les temps et de tous les pays*, Paris, Robert Laffont, coll. « Bouquins », 1960, p. 506-507 et p. 967-968.
- Capriles M. A., « L'expérience la passion », in *Cahiers jungiens de psychanalyse*, n° 116, Paris,

2005, p. 41-54, consulté le 16 aout 2017. https://www.cairn.info/revue-cahiers-jungiens-de-psychanalyse-2005-4-page-41.htm#re12no54

- « Chanson de geste » in *larousse.fr*, consulté le 16 aout 2017. http://larousse.fr/encyclopedie/divers/chanson_de_geste/55295

- Couty D., De Beaumarchais J.-P. et Rey A. (dir.), *Dictionnaire des littératures de langue française*, Paris, Bordas, 1984, p. 2 333-2 338.

- « Denis de Rougemont : "Tristan est le premier grand roman d'amour passion et le premier grand roman de l'adultère" », in *Les Nuits de France Culture* par Philippe Garbit, 21 février 2017, in *franceculture.fr*, consulté le 16 aout 2017. https://www.franceculture.fr/emissions/les-nuits-de-france-culture/denis-de-rougemont-tristan-est-le-premier-grand-roman-damour

- Doridot C., « Codes, valeurs et lieux d'aventure de la chevalerie errante », in *bnf.fr*, consulté le 16 aout 2017. http://expositions.bnf.fr/arthur/pedago/telecharger/fiche_3.pdf

- Frappier J., « Structure et sens du *Tristan* : version commune, version courtoise », in *Cahiers de civilisation médiévale*, n° 23, 1963, p. 255-280.

- Lafond B., *De l'amour courtois à « l'amour*

marié » : le roman allemand (1456-1555), Berne, Peter Lang, 2005.

- « Littérature et amour courtois », in *larousse.fr*, consulté le 16 aout 2017. http://www.larousse.fr/encyclopedie/divers/litt%C3%A9rature_et_amour_courtois/38026
- « Mariage », in *larousse.fr*, consulté le 16 aout 2017. http://larousse.fr/encyclopedie/divers/mariage/68271
- « Matière de Bretagne et romans bretons », in *larousse.fr*, consulté le16 aout 2017. http://larousse.fr/encyclopedie/divers/mati%C3%A8re_de_Bretagne_et_romans_bretons/180250
- « Merveilleux », in *larousse.fr*, consulté le 16 aout 2017. http://larousse.fr/encyclopedie/divers/merveilleux/69505
- QUÉRUEL D., « Le *Tristan* de Béroul et celui de Thomas », in *bnf.fr*, consulté le 16 aout 2017. http://expositions.bnf.fr/arthur/arret/06_3_1.htm
- DE ROUGEMONT D., *L'Amour et l'Occident*, Paris, Plon, 1939.
- « Troubadour », in *larousse.fr*, consulté le 16 aout 2017. http://larousse.fr/encyclopedie/divers/troubadour/99641

- WALTER P., *Dictionnaire de mythologie arthurienne*, Paris, Éditions Imago, 2015.

Retrouvez notre offre complète sur lePetitLittéraire.fr

- des fiches de lectures
- des commentaires littéraires
- des questionnaires de lecture
- des résumés

ANOUILH
- Antigone

AUSTEN
- Orgueil et Préjugés

BALZAC
- Eugénie Grandet
- Le Père Goriot
- Illusions perdues

BARJAVEL
- La Nuit des temps

BEAUMARCHAIS
- Le Mariage de Figaro

BECKETT
- En attendant Godot

BRETON
- Nadja

CAMUS
- La Peste
- Les Justes
- L'Étranger

CARRÈRE
- Limonov

CÉLINE
- Voyage au bout de la nuit

CERVANTÈS
- Don Quichotte de la Manche

CHATEAUBRIAND
- Mémoires d'outre-tombe

CHODERLOS DE LACLOS
- Les Liaisons dangereuses

CHRÉTIEN DE TROYES
- Yvain ou le Chevalier au lion

CHRISTIE
- Dix Petits Nègres

CLAUDEL
- La Petite Fille de Monsieur Linh
- Le Rapport de Brodeck

COELHO
- L'Alchimiste

CONAN DOYLE
- Le Chien des Baskerville

DAI SIJIE
- Balzac et la Petite Tailleuse chinoise

DE GAULLE
- Mémoires de guerre III. Le Salut. 1944-1946

DE VIGAN
- No et moi

DICKER
- La Vérité sur l'affaire Harry Quebert

DIDEROT
- Supplément au Voyage de Bougainville

DUMAS
• Les Trois
  Mousquetaires

ÉNARD
• Parlez-leur
  de batailles,
  de rois et
  d'éléphants

FERRARI
• Le Sermon sur la
  chute de Rome

FLAUBERT
• Madame Bovary

FRANK
• Journal
  d'Anne Frank

FRED VARGAS
• Pars vite et
  reviens tard

GARY
• La Vie devant soi

GAUDÉ
• La Mort du
  roi Tsongor
• Le Soleil des
  Scorta

GAUTIER
• La Morte
  amoureuse
• Le Capitaine
  Fracasse

GAVALDA
• 35 kilos d'espoir

GIDE
• Les
  Faux-Monnayeurs

GIONO
• Le Grand
  Troupeau
• Le Hussard
  sur le toit

GIRAUDOUX
• La guerre de
  Troie
  n'aura pas lieu

GOLDING
• Sa Majesté des
  Mouches

GRIMBERT
• Un secret

HEMINGWAY
• Le Vieil Homme
  et la Mer

HESSEL
• Indignez-vous !

HOMÈRE
• L'Odyssée

HUGO
• Le Dernier Jour
  d'un condamné
• Les Misérables
• Notre-Dame
  de Paris

HUXLEY
• Le Meilleur
  des mondes

IONESCO
• Rhinocéros
• La Cantatrice
  chauve

JARY
• Ubu roi

JENNI
• L'Art français
  de la guerre

JOFFO
• Un sac de billes

KAFKA
• La Métamorphose

KEROUAC
• Sur la route

KESSEL
• Le Lion

LARSSON
• Millenium 1. Les
  hommes qui
  n'aimaient pas
  les femmes

LE CLÉZIO
• Mondo

LEVI
• Si c'est un
  homme

LEVY
• Et si c'était vrai…

MAALOUF
• Léon l'Africain

MALRAUX
- La Condition humaine

MARIVAUX
- La Double Inconstance
- Le Jeu de l'amour et du hasard

MARTINEZ
- Du domaine des murmures

MAUPASSANT
- Boule de suif
- Le Horla
- Une vie

MAURIAC
- Le Nœud de vipères

MAURIAC
- Le Sagouin

MÉRIMÉE
- Tamango
- Colomba

MERLE
- La mort est mon métier

MOLIÈRE
- Le Misanthrope
- L'Avare
- Le Bourgeois gentilhomme

MONTAIGNE
- Essais

MORPURGO
- Le Roi Arthur

MUSSET
- Lorenzaccio

MUSSO
- Que serais-je sans toi ?

NOTHOMB
- Stupeur et Tremblements

ORWELL
- La Ferme des animaux
- 1984

PAGNOL
- La Gloire de mon père

PANCOL
- Les Yeux jaunes des crocodiles

PASCAL
- Pensées

PENNAC
- Au bonheur des ogres

POE
- La Chute de la maison Usher

PROUST
- Du côté de chez Swann

QUENEAU
- Zazie dans le métro

QUIGNARD
- Tous les matins du monde

RABELAIS
- Gargantua

RACINE
- Andromaque
- Britannicus
- Phèdre

ROUSSEAU
- Confessions

ROSTAND
- Cyrano de Bergerac

ROWLING
- Harry Potter à l'école des sorciers

SAINT-EXUPÉRY
- Le Petit Prince
- Vol de nuit

SARTRE
- Huis clos
- La Nausée
- Les Mouches

SCHLINK
- Le Liseur

SCHMITT
- La Part de l'autre
- Oscar et la
  Dame rose

SEPULVEDA
- Le Vieux qui
  lisait des romans
  d'amour

SHAKESPEARE
- Roméo et Juliette

SIMENON
- Le Chien jaune

STEEMAN
- L'Assassin
  habite au 21

STEINBECK
- Des souris et
  des hommes

STENDHAL
- Le Rouge et
  le Noir

STEVENSON
- L'Île au trésor

SÜSKIND
- Le Parfum

TOLSTOÏ
- Anna Karénine

TOURNIER
- Vendredi ou
  la Vie sauvage

TOUSSAINT
- Fuir

UHLMAN
- L'Ami retrouvé

VERNE
- Le Tour
  du monde
  en 80 jours
- Vingt mille
  lieues sous
  les mers
- Voyage au
  centre de
  la terre

VIAN
- L'Écume des jours

VOLTAIRE
- Candide

WELLS
- La Guerre des
  mondes

YOURCENAR
- Mémoires
  d'Hadrien

ZOLA
- Au bonheur
  des dames
- L'Assommoir
- Germinal

ZWEIG
- Le Joueur
  d'échecs

www.lepetitlitteraire.fr

ISBN version numérique : 978-2-8062-315-67
ISBN version papier : 978-2-8062-315-74
Dépôt légal : D/2017/12603/758

Avec la collaboration de Noémie Lohay pour les chapitres « Une légende épique », « Un récit mer-veilleux » et « L'amour courtois », ainsi que pour les « pistes de réflexion ».

Conception numérique : Primento,
le partenaire numérique des éditeurs.

Ce titre a été réalisé avec le soutien de la Fédération Wallonie-Bruxelles, Service général des Lettres et du Livre.

Made in the USA
Monee, IL
21 February 2026